U0165157

风·雅·颂

SURREALISM ART

超现实主义艺术

简明艺术史书系

［俄］纳塔莉亚·布罗茨卡娅 编著

安丽哲 译

重庆大学
出版社

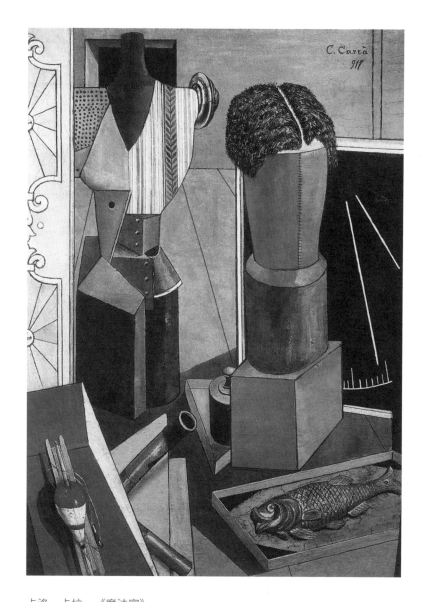

卡洛·卡拉，《魔法室》

1917 年，65 厘米 ×52 厘米，布面油画
米兰，私人收藏

目　录

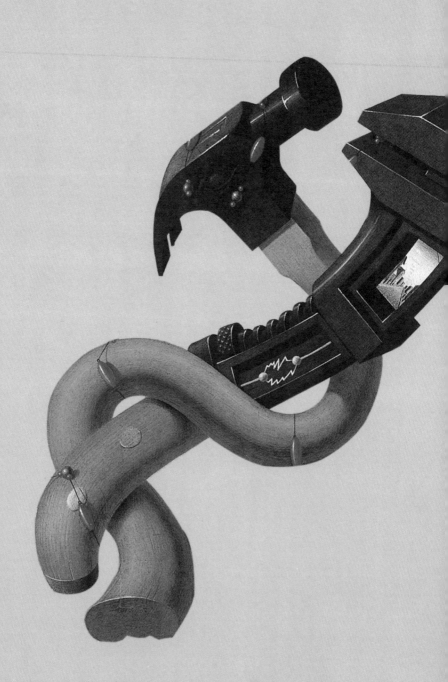

超现实主义艺术的起源与发展

The Origin and Development of Surrealism Art

SURREALISM

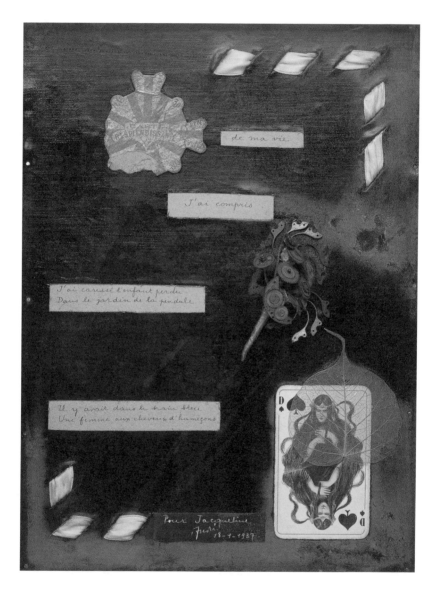

安德烈·布勒东，《无题》（诗歌拼贴画献给杰奎琳）

1937 年，39.5 厘米 ×30.5 厘米，拼贴布块、纸板、丝带、木板、塔
罗牌、机械零件、打孔纸

芝加哥，芝加哥艺术学院

超现实主义的名字几乎与"达达"一样是自发形成的,唯一的区别在于,"超现实主义"一词具有确切的含义。"超现实主义"一词意味着"超越现实主义之上""高于现实主义"。该术语的发明者是纪尧姆·阿波利奈尔(简称阿波利奈尔)。他说,他的目标是超越对自然的盲目复制;他不想以摄影师的方式复制大自然。所以在寻找一个流派术语时,他力求尽可能的准确。

阿波利奈尔的术语足够宽泛,能容纳许多代富有创意的艺术家的雄心壮志,这些艺术家的创作超出了可见的现实世界的范围。在 1918 年 11 月 9 日阿波利奈尔去世之前,他已经勾勒出即将出现的超现实主义运动的轮廓,并为此运动命名。

但直到 1924 年,安德烈·布勒东(简称布勒东)才将"超现实主义"一词与文学和美术所发展出的新方向联系起来。布勒东认为,对于新的艺术语言,作家内瓦尔所使用的术语"超自然主义",可能更为适合。内瓦尔希望这个术语不仅能涵盖他自身的艺术,而且能涵盖任何形式的创造性作品,这些作品不是对现实的复制,而是想象力的产物,这一观念与阿波利奈尔内心中的想法不谋而合。

乔治·马林科，《情感方面的不幸》
约 1937 年，35.7 厘米 ×40.3 厘米，纤维板上的蛋彩画
哈特福德，沃兹沃斯雅典艺术博物馆

在 1922 年和 1923 年期间，关于一场文化运动的刊物《文学》逐步成形，这本杂志是由布勒东、阿拉贡、保罗·艾吕雅（简称艾吕雅）、弗朗西斯·皮卡比亚（简称皮卡比亚）、佩雷特、马克斯·恩斯特（简称恩斯特）以及罗伯特·德斯诺斯（简称德斯诺斯）合作完成的，德斯诺斯当时的笔名是罗斯·瑟拉薇，他沿用了马塞尔·杜尚（简称杜尚）的笔名。一阵阵新的青年力量后来不断汇入这本杂志。发展初期的超现实主义在文学领域表现最为突出，毫无疑问，当时核心领导者是安德烈·布勒东。

布勒东戴着绿色眼镜纯粹是为了引人注目。20 世纪 20 年代的布勒东所拥有的品质使每个加入超现实主义新世界的人都被他吸引，布勒东吸引着他们聚集在自己周围。同时代的人都谈到过布勒东磁铁般的独特人格魅力。他是一位有能力说服他人的人，他有能力聚集起一众支持者，这些支持者构成了超现实主义运动的推动力。

一个人对现实生活的全部体验，与他的想象能力，与他对另一种生活的体验，即他梦中的生活，常常背道而驰。

因此，布勒东拒绝了一切与现实主义相关的艺术，归根结底，他拒绝了所有达达主义者极力想要打破的经典。对于真正的创造性工作，一个人需要完全自由，必须摆脱现实生活中压抑着人的一切，以及现实主义所依赖的一切基础。

汉纳·霍克，《用厨刀切割——达达贯穿在德国最后一个魏玛啤酒肚文化时代》
1919—1920 年，114 厘米 ×90.2 厘米，蒙太奇照片
柏林，柏林国家博物馆

安德烈·布勒东这位超现实主义诗人在研究想象力的来源时，参考了弗洛伊德的经验，弗洛伊德是第一个认识到梦在人类生活中所占据的广阔空间的人。超现实主义的目标是运用梦境，为艺术事业打开通向伟大生命之谜的大门。

在这种方式下，布勒东巩固了超现实主义的艺术语言，为此，达达主义者也一直在努力摧毁过时的艺术语言。布勒东的自发创作基本上属于文学事件。当涉及其他艺术领域的语言，如绘画和雕塑时，布勒东的门徒们将不得不在他们各自的领域中找到属于自己的语言。从 1924 年 12 月 1 日起，皮埃尔·纳维尔（简称纳维尔）和本杰明·佩雷经营的《超现实主义革命》杂志刊登了阿拉贡、艾吕雅、菲利普·苏波（简称苏波）、维特拉克等人的作品，还有其他一些人的作品，因此这批人成了超现实主义者的代言人。

无论是在某个成员的公寓里，还是在他们最喜欢的咖啡馆里，每次超现实主义者的聚会通常都伴随着游戏。在 1925年，超现实主义者发行了他们的刊物《精致的尸体》的第一本——这本刊物是他们最喜欢的游戏的产物。对于超现实主义者来说，这个游戏是一个例子。首先，这个游戏是无意识的，完全出自不假思索的个人创造力；其次，这还体现出了一个团队的创造力。

1925 年，还发生了一件特别重要的事件：第一次超现实主义绘画联合展览在巴黎的皮埃尔美术馆举行。参与的艺术家包括阿尔普、乔治·德·基里科、恩斯特、克利、曼·雷（伊曼纽尔·拉德尼斯基）、胡安·米罗（简称米罗）、巴勃罗·毕加索（简称毕加索）和皮埃尔·罗伊。这次联合展览开启了之后一系列绘画和雕塑的连续展览，使得超现实主义既成为一种现象，又成为一次多位杰出艺术家的联合。

1926 年 3 月 26 日，超现实主义艺术画廊隆重开幕，画廊展示了杜尚和皮卡比亚的作品，以及那些已经成名的艺术家的作品。1928 年，伯恩海姆美术馆举办了马克斯·恩斯特的个人画展。来自其他国家的艺术家使巴黎超现实主义艺术家的队伍得到了壮大。1927 年，勒内·马格利特（简称马格利特）从比利时来到巴黎。1928 年，萨尔瓦多·达利（简称达利）首次从西班牙来到巴黎，并于 1929 年在巴黎举办了他的第一次个人展览。1931 年，瑞士人阿尔贝托·贾科梅蒂首次展出了他的超现实主义雕塑作品。与此同时，超现实主义艺术家们还为书籍绘制插画，为当代戏剧作品设计布景，并制作超现实主义电影。

然而，超现实主义作为一种文化运动已经经历了它的胜利时刻。即使在早期阶段，绝对统一并不是超现实主义的特征之一，但现在超现实主义内部的分歧日益尖锐。20 世纪初欧洲政治和社会生活中的种种事件，必然反映在一场对资产阶级世界的问题采取毫不妥协甚至无政府主义立场的运动中。首先是俄国的革命和席卷整个欧洲的动乱浪潮，以及列宁和托洛茨基的著作；然后是摩洛哥战争，以及法国知识分子有必要决定自己在这场战争中的立场。所有这一切不仅激起了超现实主义者对巴黎其他知识分子群体的激烈反对，而且引发了运动内部的尖锐分歧。

布勒东确认了他与法国共产党共进退。在政治层面最具决定地位的有五人：阿拉贡、布勒东、艾吕雅、本杰明·佩雷（简称佩雷）和尤尼克。1926 年 11 月，他们以"目标不相容"为由，将安托南·阿尔托（简称阿尔托）和菲利普·苏波排除在超现实主义运动之外。他们认为现在仅仅表明自己的立场是不够的：此时的超现实主义者必须站在革命党的一边。有些人认为超现实主义的框架有些过于狭隘。德斯诺斯和纳维尔离开了超现实主义运动。布勒东对他以前的朋友们毫不留情。他要求把阿尔托正在安排的演出撤下舞台，尽管阿尔托已经被排除在超现实主义这个团体之外，布勒东依旧请警察来到剧院。因此，布勒东的态度引起了越来越多的不满，他因为暴虐地对待该组织的成员而受到谴责。

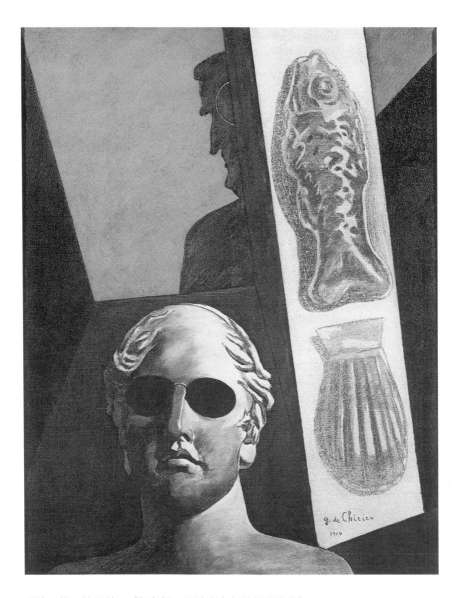

乔治·德·基里科，《纪尧姆·阿波利奈尔的预兆肖像》

1914 年，81.5 厘米 ×65 厘米，帆布上的油和木炭

巴黎，乔治·蓬皮杜中心，国家现代艺术博物馆

1929 年,《超现实主义革命》发表了第二份超现实主义宣言。布勒东认为,他有责任提醒其他人超现实主义的原则是什么,并认为应该清除一切背叛者。作为回应,布勒东以前的朋友们出版了一本内容尖锐的小册子,册子的标题与他们对抗的阿纳托尔·法朗士的小册子一样:"一具尸体"。由于这些政治冲突,到了 20 世纪 30 年代,超现实主义运动已经进入一种分裂状态:一方是布勒东集团,他们采取了革命的立场;另一方则是 20 世纪 20 年代中期,在视觉艺术中展示超现实主义并从中确立自身名望的一众艺术家。

除了巴黎日益增多的艺术家活动外,超现实主义艺术当时已经跨越了法国的边界。1931 年,第一个重要的超现实主义展览在美国举行,该展览展出了达利、乔治·德·基里科、恩斯特、安德烈·马松(简称马松)、毕加索、米罗等人的作品。超现实主义者的个人展览也在美国各个城市举行。到 20 世纪 30 年代末,超现实主义者的展览已经覆盖了整个欧洲,包括比利时和荷兰、瑞士、丹麦、捷克和英国。亚洲的日本和拉丁美洲也受到了超现实主义的影响。20 世纪 40 年代,超现实主义者的艺术活动主要在美国举办,其中许多人是为了逃避第二次世界大战而来到美国的。1947 年 6 月,超现实主义国际展览在巴黎的玛格画廊举行。可以说,超现实主义视觉艺术征服了整个世界。

艺术史上的一个时刻可能已经到来,那时艺术需要注入新的力量。如果说 20 世纪初,绘画的视觉语言一直是野兽派、立体主义和未来主义,亨利·马蒂斯(简称马蒂斯)、毕加索和康定斯基是关注的焦点,那么达达主义和虚无主义的作用就是为超现实主义铺平道路,以便探索一个未知的领域:潜意识。

弗朗西斯·皮卡比亚，《焦距眼》

1921 年，148.6 厘米 ×117.4 厘米，包含摄影拼贴画、明信片和各种剪纸的布面油画

巴黎，乔治·蓬皮杜中心，国家现代艺术博物馆

马克斯·恩斯特

Max Ernst

SURREALISM

曼·雷，《好天气》

1939 年，作品尺寸、材质不详

私人收藏

在马克斯·恩斯特创作的绘画世界中，鸟类扮演着特殊的角色。有时他画中的鸟是一只无害的夜莺，但却给画中人物的生活带来了无法解释的恐惧与恐慌；有时画中的鸟是邪恶的，长着男人的躯干，手中握有长矛。人们在森林的灌木丛中，或者在人物的轮廓中，都可以分辨出那只鸟的特征，这只鸟像幽灵一样萦绕着这位艺术家的一生。

恩斯特说，在他的童年时代，他有一只最喜欢的粉红鹦鹉。一天早上，他发现它躺在笼子里死了。就在那时，他被告知他的妹妹阿波罗尼亚（罗妮）在夜间出生。听闻此事之后，他感到极度震惊，十五岁的恩斯特昏厥了。于是，这只鸟对他来说具有了神秘的意义，成了生死力量的化身。因此，恩斯特给妹妹起名为罗普罗普（恩斯特画中鸟人的名字），这是一个不详的名字，其中也带有讽刺意味。

马克斯·恩斯特于1891年4月2日出生在布吕尔镇。命运注定他的童年将在一个奇怪的、超现实主义的环境中度过。恩斯特的父亲菲利普·恩斯特获得了一所聋哑学校的教师职位。因此，恩斯特和他的兄弟姐妹们在沉默的环境中长大。

恩斯特沉默寡言的父亲将他的整个空闲时间都用于绘画。在恩斯特的童年时代，他的绘画技法已经达到了完美的程度，这些绘画技法是他通过复制 19 世纪的绘画作品而获得的。恩斯特参观了科隆博物馆的绘画收藏，并欣赏了 14 世纪和 15 世纪大师们的充满幻想的作品以及卡斯帕·大卫·弗里德里希的浪漫画作。

恩斯特说，事实上，他在观看毕加索画作的一次展览时被击中内心，所以决定成为一名艺术家。1913 年，恩斯特的作品在柏林的首个德国秋季沙龙上展出。1914 年夏天，第一次世界大战的到来违背了超现实主义艺术家们对未来的所有梦想。

1919 年，恩斯特前往慕尼黑，在那里他发现了来自苏黎世的达达主义印刷品，以及意大利期刊《造型价值》上刊登的乔治·德·基里科画作的复制品。为了纪念乔治·德·基里科，此刊出版了一本有八张石版画的画册。这两件事汇集在一起，为恩斯特的新美学奠定了基础。

在达达主义时期纵情肆意的环境下，恩斯特创造了他自己特殊的作品类别——拼贴画。毕加索的拼贴画和他周围的立体主义画家追求的是创造纯粹的视觉作品，他们感兴趣的是形式和体积。恩斯特则使用照片碎片、书籍插图进行拼贴，再用自己的绘画或绘画元素补充画面。

马克斯·恩斯特，《贝塞斯达湖》

1911 年，53.5 厘米 ×42 厘米，纸板水彩
科隆，艺术博物馆，卡西米尔·哈根收藏

马克斯·恩斯特，《周日宾客》

1924 年，55 厘米 ×65 厘米，布面油画

私人收藏

马克斯·恩斯特，《用第一个纯净的词》

1923 年，232 厘米 ×167 厘米，布面油画
杜塞尔多夫，北莱茵 - 威斯特法伦艺术品收藏馆

恩斯特作品的名字代表了整个作品不可或缺的一部分。这个名称可以是一个单词、一个短语或一个完整的段落，它可以完全不符合画面图像，但它本身就构成了一个独立的诗性作品。这些特殊的拼贴画启发了恩斯特开始创造真正的具象语言，因为绘画没有受到写作中的那种自动主义的限制。

艾吕雅是恩斯特作品的第一个买家。艾吕雅说服恩斯特搬到巴黎，1922 年夏天，恩斯特在圣马丁运河旁边定居下来。这一年，恩斯特的一幅纪实作品非常值得重视，这幅画在恩斯特的作品中很特别，它是一幅未来超现实主义者的肖像，名为《朋友的团圆》。

运用这种被他自己称为"擦印"（从"磨痕"一词演变而来）的方法，恩斯特开始把叶片纹理展现在作品中；此外还有麻袋的粗糙质地，编织绳子的纤维，制作篮子的树枝交织而成的肌理。据恩斯特说，他在自己所画的画作中发现了各式各样的图像：海洋、雨水、人头、动物、狮身人面像、风景、一条带有鲜花甚至是夏娃的披肩。

20 世纪 20 年代中期，马克斯·恩斯特在超现实主义团体中获得了应有的地位。巴黎的画廊也注意到了恩斯特，并开始展览他的作品。恩斯特获得了法国各省和国外的认可。1927 年加入该组织的比利时超现实主义画家勒内·马格利特很欣赏恩斯特的画作。

马克斯・恩斯特，《两个孩子受到一只夜莺的威胁》

1924 年，69.8 厘米 ×57.1 厘米 ×11.4 厘米，油漆木材与木材元素和框架

纽约，现代艺术博物馆

1928 年 12 月，巴黎最负盛名的画廊之一，贝尔南青年画廊，举办了一场名为"马克斯·恩斯特，他的鸟儿，他的新花，他飞翔的森林，他的诅咒和他的恶魔"的展览。勒内·克勒韦尔为这次展览撰写了目录。此时，恩斯特画作的第一批买家已经为人所知。

1929 年，恩斯特推出了自己的第一本画集《一百个无头女人》。然而，这时他与安德烈·布勒东的关系第一次出现了裂痕。毕加索带着谢尔盖·达基列夫参加了恩斯特的画展，并建议谢盖尔·达基列夫委托恩斯特和米罗为他的芭蕾舞剧《罗密欧和朱丽叶》设计绘制布景，该剧目由达基列夫的俄派芭蕾舞团上演。

恩斯特 20 世纪 30 年代末到 40 年代初的画作体现出他是一位真正有远见卓识的艺术家。在恩斯特作品中的森林消失之后，他的画中出现了城市。"刮擦"的艺术技法使画面产生了惊人的效果。"刮擦"技术在画布上制造出编织纹理，营造出具有装饰风格的石块的效果。在恩斯特称为《整个城市》的这幅画中，一座扎根于泥土中的古老金字塔上长满了恩斯特所热爱的花草树木。

1936 年，来自加那利群岛的西班牙艺术家奥斯卡·多明格斯发明了另一种自动主义创作方法——"没有预想目标的贴花纸转印法"。恩斯特在油画中使用了这种方法。他将厚厚的油漆直接涂在画布上。当油漆颜料四处扩散时，就会得到无法预料的图像：人脸、植物、森林、城市和神奇的野兽。在恩斯特的手中，产生了一种新形式：他不仅运用了颜料的颜色，还运用了颜料的质地。

1939 年，马克斯·恩斯特像所有在法国的德国人一样，被立即拘禁。拉尔让蒂埃监狱里的生活条件令恩斯特难以忍受。保罗·艾吕雅向总统提出上诉使恩斯特得以离开营地。到了圣诞节，恩斯特已经回到了自己位于阿尔代什的圣马丁岛的家，但时间不长，同年 5 月，恩斯特又被戴上手铐并被送往德龙省的一个营地。

恩斯特这一时期的绘画作品中最具预言性的无疑是《雨后的欧洲》。曾经由山脉、树木和人类住处组成的景观已经变成了残破的石头和碎片；到处都是鸟儿，罗普罗普（恩斯特作品中的邪恶鸟人）胜利了。恩斯特的绘画在此之前从未传达出这样的艺术表现力和这样的感伤。毫不奇怪的是，他的画作给美国画家佩吉·古根海姆留下了深刻的印象，佩吉·古根海姆很快就买下了恩斯特在过去这几年画的所有作品。

恩斯特在马赛遇见了佩吉，恩斯特在马赛计划自己前往美国的旅程。在马赛，超现实主义者安德烈·布勒东、本杰明·佩雷、奥斯卡·多明格斯、马塞尔·杜尚以及其他艺术家，都在等待前往美国的机会。1941 年 7 月 14 日，恩斯特抵达纽约，不久便与佩吉·古根海姆结婚，几个月后两人离婚。

第二次世界大战期间，美国聚集了一众欧洲先锋艺术家。在纽约的一个画廊的展览会上展出了各种各样的艺术家的作品，有夏加尔、恩斯特、伊夫·唐吉（简称唐吉）、扎德金、马塔、莱热、布雷顿、蒙德里安、马松等。当这些艺术家的作品结合在一起时，就构成了现代艺术多样性的壮美全景。

在美国，恩斯特遇到了年轻艺术家多罗西娅·坦宁（简称多罗西娅），她的画作风格与欧洲超现实主义者的作品相呼应，因此，多罗西娅·坦宁给恩斯特留下了深刻的印象。她很快就成了他的妻子。1946 年，恩斯特和多罗西娅·坦宁定居在亚利桑那州塞多纳的森林和沙漠边缘，这使恩斯特发现了美洲印第安人的艺术。

20 世纪 40 年代，恩斯特的作品中出现了几何图案，作品中的元素与博物学世界和谐一致。作品《鸡尾酒饮用者》和《欧几里德》创作于 1945 年。曾有一段时间，恩斯特的画作中出现了微小的图片，有时有邮票那么大；他称之为"微生物"。1948 年，恩斯特获得了美国国籍。这一时期对于恩斯特和多罗西娅这两个人来说，是一个非常多产的时期。

1953 年，恩斯特和多罗西娅回到法国。1954 年，恩斯特在威尼斯双年展上荣获大奖，这一荣誉使恩斯特立即被排除在超现实主义团体之外，因为超现实主义者拒绝所有官方奖项。然而，这时的恩斯特已是欧洲最伟大的绘画大师之一。夫妻二人将阿尔代什的房子出售，然后在希农附近定居下来。后来，恩斯特一直在希农工作，直到 1976 年去世。

马克斯·恩斯特，《新娘的服装》

1940 年，129.6 厘米 ×96.3 厘米，布面油画

威尼斯，佩吉·古根海姆收藏

伊夫·唐吉

Yves Tanguy

SURREALISM

伊夫·唐吉，《桥》

1925 年，40 厘米 ×33 厘米，布面油画

华盛顿特区，国家美术馆

伊夫·唐吉在没有参与达达主义艺术团体的情况下，就进入了超现实主义。安德烈·布勒东看到了唐吉和他的朋友在巴黎住的房子，感到很惊讶。这是一座超现实主义的房子，其中一切都是由唐吉亲手制作的。唐吉说，他开始画画是由于偶然看到了乔治·德·基里科的一幅画，那幅画给他留下了深刻的印象。然而，乔治·德·基里科对唐吉所产生的直接影响永远无法在任何地方找到。

伊夫·唐吉于1900年1月5日出生于巴黎。伊夫的父亲费利克斯·唐吉是一位长途航行的船长。他的家人住在协和广场的海军部。由于命运的巧合，唐吉发现自己和皮埃尔·马蒂斯在同一所法国的国立高等学校里，皮埃尔·马蒂斯把伊夫·唐吉带到了他父亲亨利·马蒂斯的工作室。亨利·马蒂斯的画给十四岁的伊夫·唐吉留下了深刻的印象，这是他第一次与艺术亲密接触。1912年，伊夫·唐吉的母亲在布列塔尼买了一栋可追溯到16世纪的老房子。在布列塔尼这个村庄有一位画家，他画下农村的场景，然后卖给了游客，他的作品引起了伊夫的兴趣。或许由此开始，伊夫·唐吉自己也开始了画画。

伊夫·唐吉，《红头发的女孩》

1926 年，61 厘米 ×46.2 厘米，布面油画
杰奎琳·马蒂斯 - 莫尼耶收藏

1914 年，伊夫·唐吉只有十四岁。在姐姐的照料下，伊夫·唐吉在巴黎度过了第一次世界大战。根据唐吉自己的回忆，他那时了解了巴黎下层社会的生活中的毒品、性交易和流浪。这一动荡的时期于 1918 年结束，当时伊夫·唐吉加入商船海军。生活本身似乎给了他一个机会，让伊夫·唐吉看到了多样化的美妙自然风光。除了欧洲国家，伊夫·唐吉还见识到了阿根廷、巴西和北非一些国家。

在 1922 年被军队遣散后，伊夫·唐吉回到巴黎会见了雅克·普莱维尔，雅克·普莱维尔将伊夫·唐吉介绍给了他的兄弟皮埃尔·马蒂斯和他的军人朋友马塞尔·杜哈梅尔。马塞尔·杜哈梅尔是个有钱人，经营着属于他叔叔的格罗夫纳酒店。杜哈梅尔在蒙巴纳斯区租了一所房子，以前那所房子是一家商店，伊夫·唐吉他们都在此处安了家，他的生活才慢慢好起来。这是伊夫·唐吉和他的朋友们在巴黎生活中狂热汲取灵感的时期。伊夫·唐吉和他的朋友们被社会边缘的一切事物所吸引着。

1924 年，伊夫·唐吉和朋友们阅读了《超现实主义宣言》和《超现实主义革命》第一期。1925 年 11 月，伊夫·唐吉参观了由皮埃尔·马蒂斯画廊举办的超现实主义画展，他看到了乔治·德·基里科、阿尔普、恩斯特、克利、马松、米罗和毕加索的作品。他的朋友们说，伊夫·唐吉观展后就毁了他之前画的所有东西。

那几年，伊夫·唐吉描绘了奇特的风景。在他的那些画中，巴黎和南斯的建筑有时是混乱的，有时只有一座砖塔隐现在繁星满天的背景中。但在每一处风景中，总是有一片广袤的土地在远方消退，画面呈现出一种地平线的感觉，即使他并未画出地平线的线条（例如《跳舞》和《无标题》）。

20 世纪 20 年代中期，伊夫·唐吉尝试了所有超现实主义的创作方法：他运用摩擦、刮擦和拼贴手法，并开始使用自动画法作画。他用铅笔、印度墨水和水彩把绘画和拼贴画结合起来，不同技术的结合产生了惊人的效果。1926 年，伊夫·唐吉在布列塔尼创作了一幅大型作品，他将油画、素描和拼贴画《隐形羔羊》结合在一起。遗憾的是，伊夫·唐吉在布列塔尼完成的画没有一张幸存下来。

伊夫·唐吉的画作有着奇怪的标题：《他们的白肚皮撞到了我》《左边是粪堆，右边是紫罗兰》《完成了我开始的工作》《我按照我的承诺来了，再见》《妈妈，爸爸受伤了！》。在给作品命名这一点上，伊夫·唐吉的灵感来自他与超现实主义者的接触和对超现实主义概念的热情。在布勒东的帮助下，伊夫·唐吉从精神病学教科书中借鉴了许多标题。

《妈妈，爸爸受伤了！》是伊夫·唐吉最令人印象深刻的画作之一。在那之前，伊夫·唐吉在自己的幻想世界中发现了一切物象：一片平坦的平原、地平线、微小的、难以解释的物体或生物。然而，这些物体和空间的结合创造出了一个全新的印象。

20 世纪 30 年代，伊夫·唐吉获得了广泛的认可。除了在巴黎画廊举办个人展览，他还参与了所有超现实主义者的展览，他的拼贴画、物品和其他绘画作品在英国、比利时、日本、美国和西班牙展出。在两次世界大战之间，伊夫·唐吉的作品在美国也广为人知，1939 年 11 月，伊夫·唐吉在第二次世界大战爆发后动身去了美国。

伊夫·唐吉，《妈妈，爸爸受伤了！》
1927 年，92.1 厘米 ×73 厘米，布面油画
纽约，现代艺术博物馆

在纽约，伊夫·唐吉遇到了美国艺术家凯·塞奇。他们二人已经在法国见过面了。凯曾参与帮助那些在战争期间留在欧洲的艺术家们。1940 年，凯·塞奇成了伊夫·唐吉的妻子，从此成了伊夫·唐吉的终身伴侣。1939 年 12 月，伊夫·唐吉一到纽约，他的中学同学皮埃尔·马蒂斯就在他自己的画廊里组织了一场伊夫·唐吉作品展。1941 年，伊夫·唐吉的艺术作品在布勒东组织的墨西哥超现实主义国际展览会上展出。1942 年 10 月 24 日，佩吉·古根海姆的纽约画廊"本世纪艺术"开张，伊夫·唐吉的作品也在这里展出。

伊夫·唐吉在美国名声大噪，这使伊夫·唐吉与安德烈·布勒东发生了激烈的冲突。1945 年，在马蒂斯画廊的一次伊夫·唐吉作品展上，布勒东批评了伊夫·唐吉的"资产阶级化"，并建议马蒂斯与伊夫·唐吉终止合约。马克斯·恩斯特极力为伊夫·唐吉辩护。1948 年，伊夫·唐吉获得美国公民身份。当他回到巴黎时，除了布勒东，伊夫·唐吉见了他所有的老朋友。在离开法国之前，他忍不住要最后一次去看看洛克罗南镇。

世间万物似乎到了他生命的尽头，伊夫·唐吉已经习惯了这个世界，这个世界对他来说不再神秘（见《时间的海市蜃楼》）。但是，即使世界所包含的元素可能是不可理解的，但它们仍然是真实的、坚实的和实质性的，它们有形式和体积（见《虚数》）。

伊夫·唐吉，《无限的可分性》

1942 年，101.6 厘米 ×88.9 厘米，布面油画

布法罗，奥尔布赖特·诺克斯艺术馆

在伊夫·唐吉生命的最后，他画了一幅巨大的图画，用他自己的话来说，他在五个星期的时间里，每天工作八到九个小时。在巨幅图画前，一切物象都可以在他以前的画中看到：平原、多云的天空、地平线。只是现在，平原如此拥挤，以至于上面没有一个地方是空的（见《弧的乘法》）。

伊夫·唐吉，《方托马斯》

1925—1926 年，50 厘米 ×149.5 厘米，布面油画
纽约，皮埃尔和玛丽亚 - 马蒂斯基金会收藏

伊夫·唐吉于 1955 年 1 月 15 日在美国的农场去世。按照他的遗嘱，皮埃尔·马蒂斯将他的骨灰撒在布列塔尼的杜瓦讷湾。

胡安 · 米罗

Joan Miró

胡安·米罗，《头》

1974 年，65.1 厘米 ×50 厘米，帆布上的丙烯酸漆
巴塞罗那，胡安·米罗基金会

胡安·米罗喜欢加泰罗尼亚，他一生都在画加泰罗尼亚耀眼的蓝天。在米罗留给我们的作品中，甚至很难找到一张没有太阳的画面。无论他在巴黎工作室还是马略卡岛工作，加泰罗尼亚的色彩和光线始终留在他的绘画中。这缕光线很轻盈，色彩鲜艳，透明。米罗进入超现实主义并非偶然。他所创造的一切都是梦想。有时候，米罗创造出的画面是不可理解的和令人不安的，就像任何一个梦。但更多的时候它是快乐的，带有孩子般的纯洁和天真。

胡安·米罗 1893 年 4 月 20 日出生于巴塞罗那。他是金匠兼钟表匠米盖尔·米罗·阿德泽里亚斯和来自马略卡岛的橱柜制造商的女儿多洛丽丝·费拉的第一个孩子。在他的家庭里，家人们最欣赏的是精细而认真地工作，环境使米罗学会了工匠的技巧，养成了深入研究问题的习惯，以便找到正确的解决方案。

胡安·米罗的父母送他去上商业学校，但米罗却把所有的精力都放在了他在朗加艺术学校学习绘画的这段日子里。当米罗十七岁的时候，他的父母坚持要他在巴塞罗那的达莫奥利维拉斯贸易公司工作。因此，米罗被迫离开艺术学校。米罗病重后，他的父母把他送到他们在蒙托鲁格的家里，在那里米罗才能全身心地投入到绘画中去。1912 年，米罗在弗朗西斯科加利艺术学院入学，同时在圣卢克学院学习。在此期间，米罗遇到了毕加索，看到了他的作品，并熟悉了达达主义杂志《391》。塞尚、梵高和马蒂斯对米罗的影响都体现在他的画作中。

米罗在巴塞罗那达尔玛的首次个人展览失败后，定居在蒙特罗奇，在那里他的绘画开始发展出一种新的语言。当时米罗好像在用显微镜观察周围的一切。他画了农场、田野和菜园，用农民的爱和细密画画家的用心描绘每一个小山脊和每一片草叶——米罗作品中的"细节主义"时期已经开始（见《农场》）。

1919年春，米罗第一次来到巴黎，在那里他立即与另一位来自巴塞罗那的艺术家巴勃罗·毕加索成为朋友。不久之后，米罗将萨尔瓦多·达利介绍给毕加索，并把这位年轻的加泰罗尼亚人介绍到巴黎超现实主义者的圈子里。毕加索坚持要米罗把刚画的自画像给他（见《自画像》）。

在西班牙的夏天，米罗用镜子画了几幅蒙特罗奇的风景画和那幅绝妙的裸体画。绣在座椅织物上的色彩鲜艳的蝴蝶可能是直接来源于民间艺术。在这幅画之后，米罗的作品中又出现了静物〔见《餐桌（静物与兔子）》《手套放在桌子上》《麦粒》《煤气灯》〕。

1920 年，米罗和安德烈·马松一起在巴黎租了一间工作室，这个住处后来成为超现实主义者最喜欢的地方之一。然而，没有加泰罗尼亚，米罗就活不下去，每年夏天米罗都回到蒙特罗奇。米罗称自己为"国际加泰罗尼亚人"。1921 年，他在巴黎的第一个展览在拉里科恩美术馆举行。1923 年，胡安·米罗绘制了他的第一幅超现实主义画作——《耕耘的田野》，接着画了《猎人》。

1924 年，胡安·米罗创作了《哈勒金的嘉年华》。1925 至 1927 年，米罗在自动主义创作理论的巨大影响下进行创作。这是一场孩子般的狂欢，在世界所有的美丽和变化面前爆发。在画作的中心是一个美丽的、耀眼的淡蓝色的斑点，淡蓝色斑点的周围像一个花环，缠绕着作品的题词，这是米罗写下的文字："这是我梦的颜色。"这张作品有点像米罗自己的宣言。

米罗微妙的线条和他所绘的颜色一样天真，在他的绘画中加入了一种动人的脆弱性（见《与鸟的组合》）。米罗作品中的题词常常成为画面的图形元素。题词的部分既增加了装饰性，也增加了画面的阐释性（见《一大群人》）。

胡安·米罗，《餐桌》（静物与兔子）

1920 年，130 厘米 ×110 厘米，布面油画

私人收藏

1928 年，米罗于 1926 年和 1927 年创作的绘画作品在圣霍诺尔福堡街的乔治·伯恩海姆画廊展出。1929 年，米罗迎娶了皮拉尔·朱科萨，一个来自马略卡古老家庭的女孩。1930 年，米罗在巴黎皮埃尔美术馆举办的个展展示了他作品的一个新方面——纸质拼贴画。同年，他在纽约举办了第一次展览。

1933 年，由于经济困难，米罗和他的家人被迫在巴塞罗那度过一整年。在此之前，米罗的绘画达到了一种和谐的状态，达到了能够向不朽过渡的程度。后来，在 1937 年，米罗为巴黎国际展览会的西班牙馆完成了一幅绘画，1953 年又在辛辛那提、哈佛大学、纽约绘制了壁画，最后，在 1957 年和 1958 年，米罗为联合国教科文组织在巴黎的总部绘制了杰作《日月之墙》。

1934 年春，米罗完成了 16 幅大型粉彩作品，他自己称之为"野生绘画"。在德国，由于第二次世界大战影响，米罗设法去了柏林，他在柏林短暂停留，看到了一些德国艺术家的作品，尽管那时他们的画已经不再展出了，自内战刚刚开始以来，西班牙的局势即将陷入火海。

胡安·米罗，《农场》

1921—1922 年，123.8 厘米 ×141.3 厘米，布面油画

华盛顿特区，国家美术馆

第一次世界大战开始时，米罗在瓦恩格维尔，当时昆诺、布拉克和考尔德都居住在那里，他继续创作着。在战争年代，米罗用水粉、粉笔和油彩创作了无数的作品，描绘了星星、女人和鸟儿。但是他画中的夜晚失去了童话精神，星星悲哀地闪烁着。1940年5月20日，米罗等人在德国军队入侵之时成功逃离，首先他们逃到了巴黎，然后到了西班牙。

1939年，米罗创作了大量的装饰油画。画作精确的线条勾勒出了鸟类、水母、奇怪的小人和一只人眼的轮廓。有的装饰画的名字对米罗来说十分普通——比如《夜晚的人物和鸟儿》。

从战争最初几天起，米罗就开始创作一系列名为"星座"的水粉画。在画纸上，太阳、月亮，以及大量的红星星和黑星星组成了构图。后来米罗开始从事陶艺工作，1945年，他的陶艺雕塑首次在纽约的皮埃尔·马蒂斯展览馆展出，并取得了巨大的成功。他成为了一个无比真诚的工匠，精心制作出花瓶和瓷盘。他的每一件作品都个性十足，无法复制。

胡安·米罗，《耕耘的田野》

1923—1924 年，66 厘米 ×92.7 厘米，布面油画

纽约，古根海姆博物馆

第二次世界大战结束后，米罗开始绘制一系列大型油画作品——《夜晚的女人和鸟》。米罗这个时期的大多作品中，比较明显的表达方式是把一根线置于鲜亮的背景中，再加上一些带颜色的斑点（见《梦想逃离的女人》）。此时的米罗仍住在巴塞罗那。米罗喜欢听到任何关于巴黎艺术世界的新闻——在佛朗哥统治下的西班牙，艺术家们几乎与世隔绝。

1947年，米罗第一次来到美国，在那里他已经很出名了。米罗在美国为辛辛那提的希尔顿酒店露台绘制了一幅巨大的壁画，长2米，宽10米。1948年春，离开巴黎八年之后的米罗再次回到了巴黎。在玛格画廊的个人展览中，米罗展出了八十八幅绘画和陶瓷作品。1949年，他的艺术展览开到了巴塞罗那、伯尔尼和巴塞尔。50岁时，胡安·米罗获得了全世界的认可。

米罗的画一如既往地引人入胜；他的画作仍旧色彩丰富，具有诗意、神秘感和感染力。他的其中一幅诗意之画拥有这样一个标题："蜻蜓带着红色的翅膀尖，追逐一条盘旋着滑向彗星的蛇"。1957年，米罗开始为巴黎的联合国教科文组织大楼绘制"日月之墙"，并于1959年获得古根海姆基金会颁发的大奖。

玛格基金会于1964年在法国圣保罗成立。玛格博物馆里的一个房间和一个名为"迷宫"的花园被胡安·米罗的作品占据着。后来，新的雕塑作品出现在这个花园里，久而久之，这片空间变成了米罗神奇的童话天堂。

在20世纪60年代，米罗在大量的装饰板上使用了他最喜欢的颜色——浅蓝色。在每一幅作品中，浅蓝色的背景中只有一些红色或黑色的斑点和一条精致的线条构成了画面的平衡和色彩的和谐（见《蓝色Ⅰ》《蓝色Ⅲ》）。米罗获得过国际展览的最高奖项，然而，他的魅力始终与童话、私密的世界、愉悦和神秘联系在一起。这位艺术家因心力衰竭，于1983年12月25日在家中去世。

·米罗，《绅士》

年，52.5 厘米 ×46.5 厘米，布面油画

尔，巴塞尔艺术博物馆

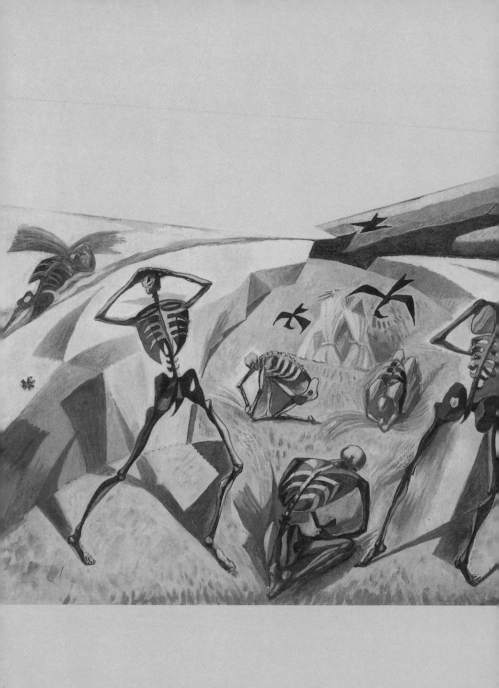

安德烈·马松

André Masson

SURREALISM

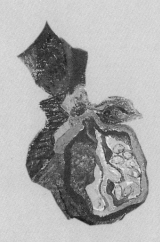

安德烈·马松，《赌徒》

1923 年，81 厘米 ×54 厘米，布面油画

巴黎，路易斯·莱里斯画廊

尽管安德烈·马松并没有留在超现实主义团体中太久，但要将他的作品与超现实主义分开也不太可能。1923 年，他与布勒东结盟。1929 年，他离开布勒东，被排除在布勒东的组织之外。布勒东的愤慨并没有使马松感到不安，马松还是承认超现实主义的领导者布勒东是具有魅力的、使人信服的。

安德烈·马松 1896 年出生于法国（瓦兹河畔的）伊勒巴厘尼村的一个农民家庭。他八岁时，全家搬到了里尔，就在那里的博物馆里，马松第一次见识了绘画。当一家人定居在布鲁塞尔后，马松开始自学绘画——早上和晚上，马松在美术学院学习绘画。在布鲁塞尔时，马松看过詹姆斯·恩索的展览。

也许正是在布鲁塞尔，马松才意识到自己对奇异和神秘感的兴趣已经苏醒，这种兴趣后来引导他走向了超现实主义。安德烈·马松的老师中其中一位是康斯坦特·蒙塔尔（简称蒙塔尔），蒙塔尔把这位年轻的艺术家介绍给了伟大的比利时诗人埃米莉·维哈伦。蒙塔尔说服马松的父母送马松去巴黎学习。1912 年，马松被巴黎国立高等美术学院录取，他那时准备学习壁画。

1914 年，安德烈·马松成功获得了前往意大利的政府奖学金，并前往托斯卡纳学习壁画。对马松来说，第一次世界大战是一场可怕的折磨，21 岁的马松在"贵妇小径进攻战"中胸部受了重伤。随后，他在不同的医院里度过了漫长的几个月，直到 1919 年，23 岁的马松才得以恢复正常生活。

1919 年，马松定居在西班牙边境的卡特小镇。马松直到 1922 年才回到巴黎。在巴黎与卡恩韦勒的接触不仅使马松得以出售他的一些作品，而且使他进入了艺术家的圈子。马松认识了德兰和胡安·格里斯。正如必然发生的那样，在一个晴朗的日子，安德烈·布勒东也来到布洛米特街，布勒东买下了一幅名为《四大元素》的作品，这张作品正是马松不久前完成的。

马松在赛雷特画的风景画可以让人明显感受到他对塞尚的赞赏之情（见《赛雷特的卡布钦修道院》）。1923 年，在巴黎，马松画的静物画中有明显的胡安·格里斯立体派的痕迹（见《有蜡烛的静物》《纸牌戏法》）。同年，马松的个人展览在加莱丽·西蒙画廊举行。《四大元素》是马松作品中第一件神秘的、具有象征意义的画作。1925 年，皮埃尔美术馆举办了首次超现实主义绘画展览，马松贡献了自己的画作。安德烈·布勒东的行事方式吸引了马松。

安德烈·马松，《盔甲》

1925 年，80.6 厘米 ×54 厘米，布面油画
威尼斯，佩吉·古根海姆收藏

显然，战争对马松来说从未结束。为了传达他对杀戮和侵略噩梦般的恐惧感，也为了传达一种从战争开始就从未离开过马松的坚定信念，安德烈·马松运用了来自动物世界的原型来表达这一主题。从 1927 年开始，动物形象在他的绘画和素描中就占据了主导地位——从作品的标题中可以明显看出：《死马》《马吃鸟》《箭射鸟》《陷阱》和《鸟》。

1929 年，布勒东将安德烈·马松排除在超现实主义团体之外，但这并没有对马松的艺术产生任何影响。马松的同时代人仍然把他看作超现实主义者。20 世纪 30 年代是超现实主义和马松创造力的全盛时期，他的作品形式多样。1930 年马松去了英国。1932 年，他搬到格拉斯附近居住，这意味着他经常能和马蒂斯待在一起。1934 年，马松第一次去了西班牙。这个国家给马松一家留下了深刻的印象，所以他们决定离开法国。

马松定居在加泰罗尼亚。然而，即使在西班牙这个美丽的国家，马松也发现了与冲突和侵略有关的主题，马松在斗牛和西班牙传说中也看到了这些主题（在战场上的屠杀）。西班牙共和国的失败迫使坚定支持该共和国的马松返回法国。古神话的主题——皮格马利翁、迷宫和牛头怪——越来越多地出现在他的绘画中。

20 世纪 30 年代，马松开始为剧院工作，这一职业在他的人生中占据了重要地位。1933 年，他开始为蒙特卡洛的俄罗斯芭蕾舞团创作芭蕾舞剧《圣人》。1937 年，他为巴劳特的剧院、塞万提斯的历史诗剧《努曼西亚》和克努特·哈姆森的戏剧《饥饿》制作了布景和服装。接着是阿曼德·萨拉克劳的戏剧《世界是圆的》，该戏剧由查尔斯·杜林上演。最后，在 1940 年，达律斯·米约的歌剧《美狄亚》在巴黎歌剧院上演，马松制作的布景和服装也被搬上舞台。

在 1939 年和 1940 年，马松完成了德国浪漫主义者的肖像画，包括几幅歌德的画像（见《歌德和植物变形》）。马松继续在他的绘画中使用沙子；他在布列塔尼的海滩上收集了海里的物品和碎片，并用在了自己的画中。然而，战争突然结束了他平静的生活。

1940 年，马松一家定居在康涅狄格州，在那里他们遇到了伊夫·唐吉。这时，马松与布勒东一起工作，马松积极参与了超现实主义者在美国的活动和展览。1945 年 10 月，马松和他的家人返回到了法国。

安德烈·马松，《安达卢西亚收割工人》
1935 年，89 厘米 ×116 厘米，布面油画
巴黎，路易斯·莱里斯美术馆

在巴黎，马松立即恢复了自己在让-路易斯·巴劳特剧院的工作：他为《哈姆雷特》和让-保罗·萨特的戏剧《无阴影的人》制作布景和服装。1947年，马松回到普罗旺斯的艾克斯，住在保罗·塞恩画《圣维克山》的地方。法国南部吸引了马松，他画了普罗旺斯的风景画和其他作品，这些作品的灵感皆来源于这些风景。这时，马松已经闻名于世，马松的艺术作品背后蕴含着一个不同寻常的、值得关注的神秘之人。

1965年，马松在法国奥德翁剧院的天花板上作画。马松也是一位才华横溢的作家，他写了两本回忆录：《超现实主义的流浪汉》和《超现实主义的反叛者》——他一生都把自己视为超现实主义者。安德烈·马松于1987年10月28日在巴黎去世，享年91岁。

勒内·马格利特

René Magritte

SURREALISM

勒内·马格利特，《伟大的战争》

1964 年，81 厘米 ×60 厘米，布面油画
华盛顿特区，私人收藏

勒内·马格利特于 1898 年 11 月 21 日出生于比利时莱辛。他的父亲是个商人，母亲是个帽子商。当马格利特六七岁时，他在学校放假期间和他的姑姑们住在索格尼茨。在当地的公墓里，马格利特第一次见到了一位艺术家。在他看来，这次经历让他始终把绘画和奇怪神秘之事物联系在一起。

勒内·马格利特十二岁时开始画画。当他十四岁的时候，他的母亲在一天晚上自杀了，她跳进了桑布雷河里。马格利特十五岁时，在当地一个集市的旋转木马上，遇到了一个叫乔吉特·伯杰的女孩，后来这个女孩成了他的妻子。马格利特的第一部绘画作品《印象派精神》创作于 1915 年。次年，马格利特在布鲁塞尔艺术学院入学。

在比利时的首都，马格利特接触到的环境将对他艺术风格的形成起到决定性的作用。马格利特与皮埃尔·路易斯·弗洛奎特租了一个工作室，不久，马格利特和诗人皮埃尔·布尔乔亚成了朋友。之后他们三人开始出版《方向盘上》杂志。马格利特这个时期的画作会让人想起毕加索早期的立体主义作品，他展出过其中一幅作品，名为《三个女人》。

第一次世界大战后，布鲁塞尔的文化生活变得更加活跃。在布鲁塞尔，新的画廊应运而生，画廊主人们对现代主义的艺术颇感兴趣。1923 年，保罗·诺奇、马塞尔·勒科姆特和卡米尔·戈德曼创办了《通信录》杂志，勒内·马格利特、爱德华·梅森等人也加入了他们的行列。这一事件成了比利时超现实主义运动的开端。

马格利特的超现实主义和伊夫·唐吉的超现实主义来源一致。据马格利特本人讲述，在 1922 年马塞尔·勒科姆特怎样向他展示乔治·德·基里科的画作《爱之歌》的复制品，以及他本人怎样情不自禁地流下了眼泪。

然而，真正预示马格利特未来超现实主义道路的画作，很可能是他在 1926 年创作的《来自海洋的人》。在这幅画中，马格利特受到的许多影响都是显而易见的：他记住了方托玛斯，记住了乔治·德·基里科绘画中各种绘画工具的运用，记住了汉斯·阿普的抽象人物。然而，《来自海洋的人》这幅画的构图是与众不同的，完全没有受他人影响。

勒内·马格利特，《比利牛斯山脉的城堡》

1959 年，200 厘米 ×145 厘米，布面油画

耶路撒冷，以色列博物馆

在 1925 年和 1926 年，马格利特绘制了 60 多幅油画，随后，绘制了大量的拼贴画，马格利特也在广告领域工作。1927 年春天，半人马画廊和范赫克画廊分别与马格利特签订了合同，允许艺术家全身心专注于绘画。这时，马格利特决定移居法国，1927 年，马格利特和妻子乔吉特·马格利特定居在巴黎。马格利特自然而然地加入了巴黎超现实主义者团体，和其他成员平起平坐。然而，1930 年，马格利特切断了与布勒东的联系，回到了布鲁塞尔。他不喜欢谈论自己，也没有给任何人解释自己与布勒东决裂的原因。

马格利特绘画中的一个关键装置是烟斗，第一个例子是他于 1929 年画的烟斗，上面写着"这不是烟斗"。在这幅画中，马格利特将模型和言语结合在一起组成一幅构图，这在之后也成了马格利特绘画的重要风格之一，文字成了马格利特绘画中不可分割的元素。有一次，他在画布上用地图的方式，用点伴随文字：画出树、云、地平线上的村庄等，并把这幅画称为《迅速出现的希望》。在另一个例子中，这些词本身就成了主要表现对象，马格利特将这些词写在他已经在画布中留出的地方："一个爆笑出声的人物""地平线""衣橱""鸟的叫声"；他把这幅作品称为《活镜子》。此外，每一个字都是他亲笔手写，十分生动，就这样文字成了组成马格利特画作的一个图形元素。

马格利特画作的标题是属于他的另一个谜，也是他绘画背后的一种观念。如果"这不是烟斗"这句话可以被视为在解释以下事实：对事物的描绘并不就是事物本身，那么，这个作品的标题更多是在隐藏作品的含义，而不是揭示含义（见《形象的背叛》）。

在 20 世纪 30 年代，马格利特主要痴迷于探索艺术家的操作空间以及室内景色向户外景色的过渡。例如，在其中一幅画中，一扇窗户被打碎，散落在四周的玻璃碎片上留下了户外风景的痕迹（见《通往田野的钥匙》）。一只鹰变成石头的形象一直是他作品中不变的特色。鹰是真实的，其他的鸟蜂拥向它，而组成鹰的破裂的石头也是真实的（见《失去的脚步》）。

在很短的一段时间内，马格利特改变了他的绘画技巧。马格利特的绘画手法变得和印象派画家一样，但作品的形象仍然是以前古老而神秘的形象：一个长着乔吉特面孔的美人鱼在粉色沙发上打盹（见《禁忌的宇宙》）；脚趾从木墙旁边的一双靴子里长出来（见《红色模型》）。

勒内·马格利特，《大家庭》

1963 年，100 厘米 ×81 厘米，布面油画
宇都宫，宇都宫艺术博物馆

在马格利特完成的系列作品中，最有趣的一个是关于"旅行记忆"的主题。马格利特描绘了他的朋友，诗人马塞尔·勒科姆特站在一个平淡无奇的房间里，穿着大衣，手里拿着一本书（见《旅行记忆 III 》）。唯一不寻常的细节是房间里躺着一头狮子。在庞大的油画《比利牛斯山的城堡》中，一整块岩石悬在广阔的海面上，城堡坐落在岩石之上。这是一个可怕的场景，但在绘画世界中，并不存在可怕之物。其实正好相反，这幅画面所呈现的是一个来自梦中"天地之间"的城堡的诗意形象。

比利时承认勒内·马格利特是该国最伟大的艺术家之一。1967 年 8 月 15 日，马格利特在比利时的家中去世。

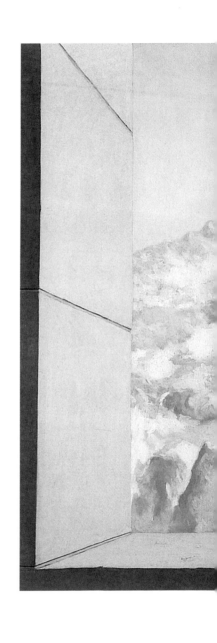

勒内·马格利特，《阿恩海姆的领地》

1938 年，73 厘米 ×100 厘米，布面油画

私人收藏

萨尔瓦多·达利

Salvador Dalí

SURREALISM

萨尔瓦多·达利，《装置和手》

1927 年，62.2 厘米 × 47.6 厘米，木材上油

佛罗里达，萨尔瓦多·达利博物馆

萨尔瓦多·达利一生的挚爱有家乡"永恒的加泰罗尼亚"和他的妻子加拉，也就是埃琳娜·迪亚科诺娃。但达利最爱的，还是他自己和他的工作。达利毕生都在塑造自己天才的形象，用极微小的元素拼装起自己的天才形象，就像一个幼稚的小孩用玩具小砖头建造起模型一样。达利满怀爱意地把自身打磨得锃亮，并为自己的天才形象添加了越来越多的新细节。

萨尔瓦多·达利于 1904 年 5 月 11 日出生在西班牙加泰罗尼亚的菲格尔镇。他的父亲萨尔瓦多·达利·库西是菲格尔的一名公证人。达利·库西在姐姐反教权的家庭中长大，就把儿子送进了当地的公立学校。当萨尔瓦多·达利八岁时，父亲又把他转到了拉萨尔天主教学校。在这所学校，达利学会了像母语者一样讲法语。正是在这里，他第一次接触到了绘画和素描课程。

达利的父亲允许他在阁楼上设立属于自己的工作室。家里的母亲、祖母和姑妈非常溺爱这个体弱多病的小男孩。后来，达利在卡迪克斯完成了一幅他那个年龄的肖像画——一个眼睛很大的小男孩，脖子上戴着一条围巾，坐在大海的背景中，一瓶药放在桌子上，小鹦鹉关在笼子里（见《生病的孩子：卡迪克斯的自画像》）。

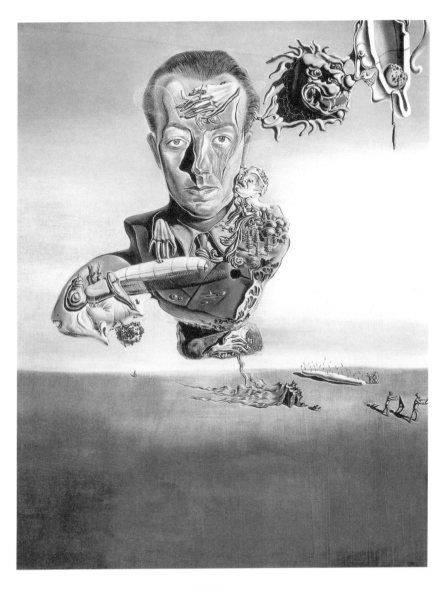

萨尔瓦多·达利，《保罗·伊洛阿德肖像》

1929 年，33 厘米 ×25 厘米，纸板上油

私人收藏

1921 年，达利的母亲菲利帕·多梅内克去世。对敬爱母亲的达利来说，这是一个残酷的打击。不久之后，他的父亲娶了亡妻的妹妹卡塔琳娜。萨尔瓦多·达利在他自己的书中非常关注自己儿童时期的印象。这实际上是因为达利原来有一个哥哥，哥哥在他出生前七年就死于脑膜炎。达利从未见过他的这个哥哥，但达利被赋予了与哥哥同样的名字——萨尔瓦多以及萨维尔——达利一生都感受到某种二元性，就好像他和他哥哥生活在一种共存的状态中，生活在同一个生命中。在他生命的最后，萨尔瓦多·达利继续为他的哥哥，也就是第一个萨尔瓦多，画了肖像《我已故哥哥的肖像》。

1917 年，十三岁的达利获得了艺术学院的文凭和最佳绘画一等奖。1914 年，达利为他的护士露西亚画了一幅肖像（见《露西亚的肖像》）。这幅画中，老妇人的脸上带着毫不妥协的表情。达利这一时期的画作证明了他不仅在思考色彩，还在思考生动的画面在作品表现力中所扮演的角色。十六岁的达利所画出的自画像显示他是一个英俊、优雅的年轻人，他的大眼睛里有一种沉思的表情，脸上有堂吉河德的骄傲面容（见《拉斐尔脖子上的自画像》）。

1928 年夏天，达利邀请路易斯·布努埃尔（简称布努埃尔）到菲格雷斯和卡达克斯游玩。布努埃尔是达利大学住校期间的一位挚友。布努埃尔 1925 年曾在巴黎遇到过超现实主义者。还在马德里的时候，达利和布努埃尔就计划拍一部超现实主义电影。那时的二人都在卡达克斯工作。在达利的回忆录中，他不喜欢布努埃尔的剧本，因此达利重写了剧本。

达利和布努埃尔最有效的发现体现在这部电影的特写镜头，在特写镜头中，一片剃须刀片切进了一只活人的眼睛。达利对他们如何成功地拍到了这张令人作呕的死驴照片非常满意，达利把胶水倒在死驴身上，然后把死驴的下颚放大，使它露出吓人的笑容。1929 年 6 月 6 日，无声电影《一条安达鲁狗》在巴黎上映。为了电影的公映，达利来到了巴黎。达利在自己十七分钟的影片里填满了色情、死亡和厌恶，他想以此震撼观众，使他们目瞪口呆。面对这部影片，新闻界产生了分歧：一些出版方大感恐惧，另一些站在超现实主义一边的人无比欣喜，两方意见不相上下。

关于这位天才加泰罗尼亚人的传闻已经传到了巴黎超现实主义者的耳朵里。达利 1924 年第一次来到巴黎，一位西班牙艺术家把他介绍给了毕加索。毕加索邀请达利到他的画室作客，据说两位艺术家互相评价了对方的作品。当时超现实主义者中已经有一个加泰罗尼亚人——胡安·米罗，米罗把达利介绍给了其他超现实主义者。

萨尔瓦多·达利，《在没有盘子的盘子里煎鸡蛋》

1932 年，60 厘米 ×42 厘米，布面油画

佛罗里达，萨尔瓦多·达利博物馆

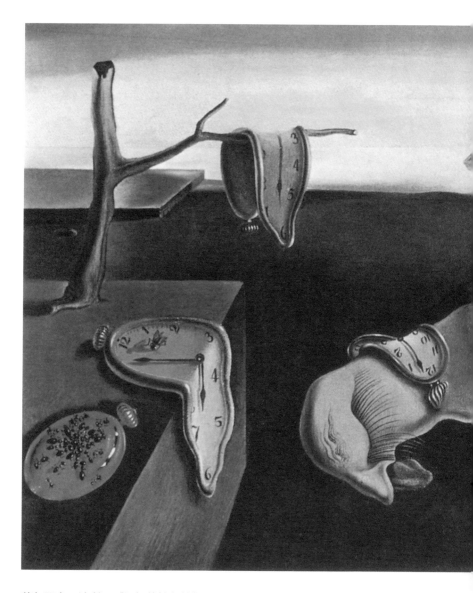

萨尔瓦多·达利，《记忆的持久性》

1931 年，24.1 厘米 ×33 厘米，布面油画

纽约，现代艺术博物馆

在达利的私生活中，1929 年发生了两件大事。首先，达利在巴黎的一个展览上展示了自己的一张照片，旁边放了一些文字，这些文字有损于自己对已逝母亲的回忆，这导致达利与他的家庭决裂。达利的父亲禁止他回到菲格尔的家中。其次，达利在巴黎逗留期间，他邀请超现实主义团体成员来卡达克斯与他同住。那年夏天，艺术品商人卡米尔·戈德曼夫妻和画家布努埃尔，以及画家勒内·马格利特夫妻，保罗·伊洛阿德夫妻，也来和达利同住。

达利和加拉之间的恋情是突然发生的，这段爱情产生了戏剧的后果。达利详细地描述了他在卡塔克斯的忧虑和优柔寡断，以及加拉对他的感受。他写道，加拉治愈了他的疯狂状态，在加拉那里他发现了自己。他称呼她为格拉迪瓦——这是作家詹森的一部小说中治愈英雄精神疾病的女孩。从那一刻起，超现实主义者的缪斯变成了达利个人的缪斯，但加拉很长一段时间都期待着自我的回归。但在1929 年夏天，一切都无法改变了。在加拉生命的最后，她仍然是萨尔瓦多·达利的妻子、姐姐、秘书、助理和首席顾问。达利的每一件作品都显示了他对加拉的崇拜。在他的整个创作生涯中，达利不断为加拉创造着新的画作。

对他来说，加拉是他的圣母女神（见《伊利加特港的圣母》），也是他的莱达（见《莱达·阿托米卡》）。即使在达利那些画面具有超现实主义特征的情况下，加拉仍然是达利的古典绘画技巧所能塑造的最美丽的女性（见《两块羊排平衡在肩上的加拉肖像》《加拉面部的偏执变形》《有鼻息肉炎症状的加拉肖像》）。达利二十五岁时与超现实主义者接触，而此前他自己就已经是一个超现实主义者了，他的电影《一条安达鲁狗》就证明了这一点。

超现实主义在达利的作品中形成，很大程度是因为他熟悉巴黎艺术家的绘画。达利甚至直接借用了其他超现实主义者已经发现的某些元素。有时达利会公开承认其画作中的阴影与乔治·德·基里科的画作有关。当然，达利也注意到了勒内·马格利特的简单而杰出的艺术创新（见《快乐之塔》，或称《眩晕》）。

达利对西格蒙德·弗洛伊德（简称弗洛伊德）的理论比任何人都要认真得多。他说弗洛伊德的思想对他的意义好比圣经对中世纪大师的意义。在他的回忆录中，达利几乎把他画的所有作品都与童年的印象联系在一起。就是如此，即使没有刻意认证过，也没有其他超现实主义者像达利一样如此确切、如此执迷、如此一致地运用了弗洛伊德关于力比多的理论。

1931 年，达利创作了《记忆的持久性》。他讲述了这样一个故事，有一天晚上，当加拉和朋友们去电影院时，他待在家里，这时这幅画的图像映入了自己眼帘。通过改变物体的通常属性，达利找到了一种方法来激起观者的厌恶感，他比较喜欢传达这种感觉。在画中的手表后面，有一把小提琴熔化了，像一块皱巴巴的破布一样挂了起来（见《受虐狂的乐器》）。另一幅画里，一架大钢琴变成了一块布，看起来像是一个人可以拉着它的一角，把大钢琴像盖子一样拿开（见《药剂师小心地取下了一架大钢琴的盖子》）。达利的超现实主义世界变成了一个疯狂的世界，其中的物品已经不再是它们本该有的样子。最后，达利自己在画中的头也受到了这种改造，失去了坚固性，但仍然保留着肖像和画家本人的相似性（见《带有烤猪油的柔软自画像》）。

20 世纪 30 年代初，弗朗索瓦·米勒（简称米勒）的画作《天使》成为使达利痴迷的又一个作品。在达利的几幅作品中，《天使》这幅画总会作为一个整体出现，它是达利超现实主义背景中唯一的真实物体（见《加拉和米勒在滑稽变形即将到来之前的天使》）。"天使"成了达利的艺术财产，达利用新的细节补充了米勒的构图，并且改变了人物的姿势（见《回顾女性半身像》《加拉的肖像》）。

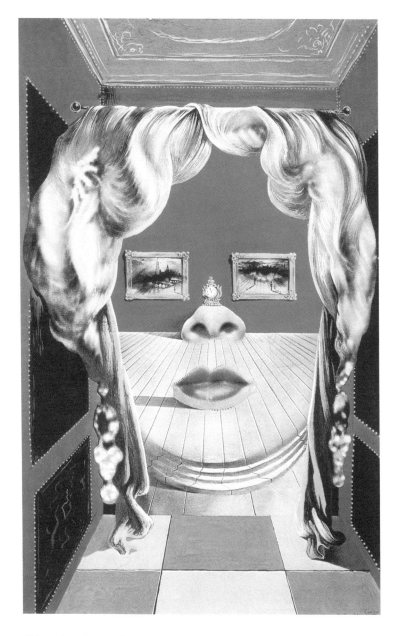

萨尔瓦多·达利，《梅·韦斯特的脸可能被用作超现实主义公寓》

1934—1935 年，28.3 厘米 ×17.8 厘米，水粉画，添加石墨画成，用于商业印刷的杂志页

芝加哥，芝加哥艺术学院

《天使》在达利绘画中的变形是由黑暗的诗意和死亡的神秘感带来的，尤其是在达利意识到米勒本人对作品的改动之后：研究表明，最初在米勒画中的女性和男性人物之间隔有一座坟墓（见《暮光返祖现象（强迫现象）》《对米勒所画的天使的考古学回忆》《米勒的建筑结构天使》）。

达利的偶像是德尔夫特的维米尔。维米尔坐在画架旁或身处德尔夫特镇的形象，出现在达利式的风景中（见《风景中的神秘元素》《德尔夫特城的幻影》）。维米尔本人或其主人公的形象在达利的画中从来没有变得丑陋或令人厌恶，然而，像达利世界的所有物品一样，他们也受到了改造。像这样转变最终发展为达利最辉煌的成就之一———他创造的家具人形象。

甚至断臂维纳斯也经历了"家具式"变形。木制的抽屉从活生生的肉体中伸出来，造成疼痛（见《拟人化的柜子》）。这种类型的绘画中最生动的是《燃烧的长颈鹿》。该作品背景中燃烧的长颈鹿的矛盾本身就讲述了一种画中所发生的可怕的非自然性。

用达利自己的话来说，"淋漓尽致地运用偏执狂批判法取得的第一首诗歌以及第一幅画作就是那喀索斯"（见《那喀索斯的变形》）。达利所绘那喀索斯的变形直接展现在了观众的眼前。

1936 年 7 月，西班牙内战爆发。达利一再声明他是一个不关心政治的人。他说，他的画作《希特勒的谜》让他付出了代价，让他得到了"来自纳粹一方的诅咒和来自反纳粹阵营的暴风雨般的掌声"。这幅作品引起了达利和超现实主义者之间的严重冲突。然而，加泰罗尼亚和整个西班牙都是他的挚爱。或许没有哪个政治导向的艺术家像达利一样，对西班牙表达出如此强烈的痛苦（见《克里厄斯帽的汽车化石》）。

在 20 世纪 30 年代，达利的绘画曾多次在超现实主义者的团体展览和他自己的个人展览中展出，包括在美国举办的展览。1934 年和 1936 年，他在美国度过了一段时间。第二次世界大战开始时，许多欧洲艺术家都去了北美。1939 年，达利和加拉也前往了北美。达利继续他的电影工作，并与阿尔弗雷德·希区柯克和华特·迪士尼合作。然而，从 1939 年开始，一切都改变了。布勒东把达利排除在了超现实主义者团体之外。布勒东巧妙地改变了达利名字里字母的位置，称达利为"贪得无厌的美元"——资产阶级致富发财的思想与超现实主义者格格不入。

达利的基督教主题画始于战后时代，从圣母像开始，以《最后的晚餐》和各种版本的十字架结束（见《圣约翰十字架的基督》）。与此同时，达利继续从一系列的幻象中作画，在这些幻象中，他一丝不苟地精确地努力再现梦的形象（见《梦是由一只蜜蜂在石榴周围飞了一秒钟后醒来而引起的》）。对于世界上大多数欣赏超现实主义的人来说，达利确实成了超现实主义的化身。1982年，一场可怕的不幸降临在这位艺术家身上——加拉不幸去世了，将近80岁的达利立刻感到自己陷入了无助和迷惘。他病得很重，感到自己的灵魂被加拉带走了。达利的晚年主要在西班牙度过，1989年在西班牙自己的城堡里去世。

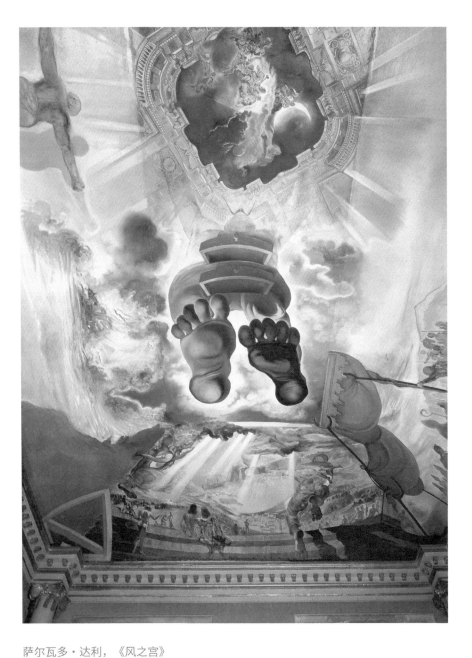

萨尔瓦多·达利，《风之宫》

1972 年，老泰罗博物馆天花板的绘画

菲格雷斯藏

保罗·德尔沃

Paul Delvaux

SURREALISM

保罗·德尔沃，《克雷斯》

1967 年，160 厘米 ×140 厘米，布面油画
圣伊德斯巴尔德，保罗·德尔沃基金会

保罗·德尔沃（简称德尔沃）出生在比利时的安西特镇。他的父亲是布鲁塞尔的一名律师。1916 年，他进入法兰西艺术学院，在那里德尔沃先学习了建筑，然后学习了绘画艺术。像所有比利时超现实主义者一样，德尔沃着迷于詹姆斯·恩索的作品。

1922 年，二十五岁的德尔沃开始画车站，这成为他毕生的恒常主题之一。1930 年，在布鲁塞尔的一个博览会上，他参观了斯皮茨纳博物馆。其中一幅画，具有高度的现实主义风格，描绘的是夏科特医生站在一位神志恍惚的女人面前。这个博物馆里展出的人物后来逐渐进入了德尔沃的画中。

1934 年，在布鲁塞尔的美术宫，《米诺陶勒》杂志组织了一场超现实主义作品展览。在展览中，德尔沃见到了乔治·德·基里科、达利和马格利特的画作。到 1936 年，保罗·德尔沃的作品已经在布鲁塞尔与马格利特的作品一起展出。1938 年，德尔沃参加了在巴黎举行的国际超现实主义展览。1943 年，德尔沃为艾吕雅绘制了一幅名为《回声》的作品。后来，在 1948 年，德尔沃和艾吕雅共同在日内瓦出版了他们的诗歌、绘画和素描作品，艾吕雅为德尔沃写下了《没有微笑的夜晚》。

保罗·德尔沃，《波莱夫人》

1945 年，100 厘米 ×80 厘米，布面油画
圣伊德斯巴尔德，保罗·德尔沃基金会

在四十岁的时候，德尔沃也加入了超现实主义团体，不过比其他加入者要晚很多。德尔沃坚决否认了这样的观点：潜意识或者基于梦境的绘画创作在他的绘画作品中很重要。德尔沃的第一批超现实主义作品创作于1936年，其中已经出现了一些后来经常出现在他画作中的人物形象。《穿着蕾丝的游行队伍》描绘了一群穿着白色蕾丝连衣裙的小女孩。在另一幅画作《美丽的夜色》中，半裸的女孩再次出现在古老的建筑中，背景中则可以看到瓦隆尼亚的帕伊诺尔山。有时德尔沃所绘的人物甚至边走边看报纸（见《街上的那个男人》）。德尔沃所绘的人物形象让人想起马格利特画中的男性形象，他的身影显示他穿着大衣，戴着圆顶礼帽。

德尔沃的画风很普通，不起眼。即使当他的画面中出现了一些不可思议的事物时，他也谦虚地带过，不留痕迹，其轮廓消失在远处（见《皮格马利翁》）。德尔沃远离超现实主义者的丑闻，在他的绘画中，我们无法感觉到他对当前时事的直接回应。然而，在第二次世界大战时期，德尔沃的绘画中确实出现了焦虑的感觉。

这幅画中，一具骷髅坐在一个不知名的年轻女子旁边，模仿她的姿势和动作——生死总是紧密相依（见《红色的朝臣》《女人和骷髅》）。在德尔沃有关圣经的画作中，骨架的形象取代了活生生的人物。

德尔沃的创作高峰出现在 20 世纪 40 年代到 50 年代，在此期间，出现在他早期创作中的所有人物形象都延续在他的作品中。这些艺术形象聚集在一起，但他们每个人都坚持着各自独立的命运，与其他人毫无关联。他们存在于梦幻般的古典或文艺复兴时期的城镇中，或者在一个陌生的梦境中静静地存在着。

另一种激情仍然存在于德尔沃的绘画中。他一直喜欢有轨电车和火车。20 世纪 40 年代，有轨电车出现在他的作品中；而在 20 世纪 50 年代，火车和车站几乎成为德尔沃绘画中唯一的主题。日日夜夜，德尔沃所绘的车站空无一人，而火车总是退到远处（见《晚上的小车站》）。在他的画中有时，一个裸体的人出现在站台或候车室，有时，维纳斯睡在铁路线地下通道的沙发上，地下通道靠近保罗·德尔沃在沃特梅尔·博伊茨的家（见《蓝色沙发》）。

20 世纪 50 年代，德尔沃跻身于比利时最杰出的艺术家之列，1977 年，保罗·德尔沃被法国美术学院接纳为准外籍成员。保罗·德尔沃于 1994 年去世，享年九十七岁。

保罗·德尔沃，《埋葬》

1957 年，130 厘米 ×120 厘米，布面油画
圣伊德斯巴尔德，保罗·德尔沃基金会

图书在版编目（CIP）数据

超现实主义艺术 /（俄罗斯）纳塔莉亚·布罗茨卡娅
（Natalia Brodskaya）编著；安丽哲译 . -- 重庆：重
庆大学出版社，2023.8
（简明艺术史书系）
书名原文：Surrealism
ISBN 978-7-5689-4152-5

Ⅰ . ①超… Ⅱ . ①纳… ②安… Ⅲ . ①超现实主义—
艺术—研究 Ⅳ . ① I109.9

中国国家版本馆 CIP 数据核字（2023）第 157751 号

简明艺术史书系

超现实主义艺术
CHAOXIANSHI ZHUYI YISHU
［俄］纳塔莉亚·布罗茨卡娅　编著
安丽哲　译

策划编辑：席远航　　封面设计：黎　萍
责任编辑：席远航　　版式设计：品木文化
责任校对：邹　忌　　责任印制：赵　晟

*

重庆大学出版社出版发行
出版人：陈晓阳
社址：重庆市沙坪坝区大学城西路 21 号
邮编：401331
电话：（023）88617190　88617185（中小学）
传真：（023）88617186　88617166
网址：http://www.cqup.com.cn
邮箱：fxk@cqup.com.cn（营销中心）
全国新华书店经销
重庆升光电力印务有限公司印刷

*

开本：890 mm×1240 mm　1/32　印张：3.5　字数：62 千
2023 年 8 月第 1 版　2023 年 8 月第 1 次印刷
ISBN 978-7-5689-4152-5　定价：49.00 元

版权声明